- Le Rêve d'Anankè -

Emmanuel Tugny

- Le Rêve d'Anankè -

EEEOYS EDITIONS

Dans quelle direction faut-il lever les yeux ? Vers le lieu auquel tous les yeux sont suspendus et qui est « L'ouvreur des yeux ».

Le Zohar, Préliminaires.

Beaucoup de ces dieux ont péri

C'est sur eux que pleurent les saules

Le grand Pan l'amour Jésus-Christ

Sont bien morts et les chats miaulent

Dans la cour je pleure à Paris

Apollinaire, *La Chanson du Mal-Aimé*

Pour Babo.

I

Dans le rêve d' Ἀνάγκη l'arbre dégoutte sur les marches du temple. Il est dit que d'une blessure pratiquée au fin cœur de la mer lèvent des jungles d'ongles où l'oiseau puissant prend le chemin des feux ronds.

Ἀνάγκη est assise et elle fume. L'oiseau picote à la porte où les huit chemins froissent l'étoile qui guide l'arahant.

« Je ne te parlerai qu'une langue, Elilama. Tu auras la langue de Maitreya qui est à venir et qui est ma langue et celle de l'arbre aux chemins.

Il y a une part du ciel où nous apporterons les grands tours de ce qui est au printemps, de ce dont nous tenons nos enfants.

Le chemin dont je te parle, Elilama, est celui de ce qui est toujours en mon rêve comme l'ombre de la montagne qui plonge par la mer dans ce qui est le ventre et le sourire du monde. J'ai beaucoup traversé le monde : je ne te parlerai qu'en enfant couché. Il y a trois jarres au monde et une seulement est le monde, cependant. Je te parle en enfant couché et ce qui lève après les feux et les moissons me roule au ventre ce que tu y roules avec ta queue et l'humeur de ta bourse pour qu'il y ait un printemps.

J'ai vu la deuxième jarre et elle est la maladie, l'ombre, le détroit, le récif.

Deux bras rouges y prennent naissance à qui manque la main.

J'ai embrassé la deuxième jarre ; vraiment je l'ai prise entre mes bras et j'ai entendu sa plainte affreuse, sa plainte qui est sans nom.

Elle est un singe, un singe bien amer, Elilama ! Elle est un singe dont les mains vont danser dans le monde pour qu'il y ait au monde des mondes.

Pour que s'y engendrent les terres.

Je l'ai embrassée et elle a fouillé mon ventre avec le singe et il y a eu un lit sans fruit qui est le lit du singe Nirodha et du singe Dukkha et le lit sans fruit de leur queue immense qui court le monde en riant haut.

Il n'y aura pas d'enfant des terres au monde, Elilama. Je ne te parlerai qu'une langue qui est une langue pour le sourire de l'amante et le baiser de l'épouse à la bourse de la terre.

Écoute : les arbres font patience.

Ils ont pris les mesures de la roue sur les marches de ton temple : ils y ont installé le crabe, le rat, le serpent, l'enfant de l'oiseau. Ils y ont ménagé un règne pour ce qui est dans la dimension le règne de Maitreya.

Tout cela fait patience et l'arbre plonge en mer, où tu m'as épousée.

Alors, encore, l'arbre parlait et couchait un peu d'ombre sur les marches du temple.

Je t'ai choisi pour ne te parler qu'une seule langue, Elilama, parce que tu les parles toutes et que je veux t'entendre me comprendre et puis fouiller mon ventre avant que vienne la saison.

J'ai embrassé cette jarre qui est le monde en vérité.

Entre la jarre du monde et celle du singe Nirodha et du singe Dukkha, pas l'espace pour un ongle : l'un s'appuie sur l'autre et le monde dit au singe : « viendras-tu me visiter pour la saison ? ».

Et le singe ou fait silence ou rit affreusement.

Le Rêve d'Anankè

Pas l'espace d'un ongle entre les deux jarres et l'une s'appuie sur l'autre et une voix résonne à quoi l'on ne répond pas.

Ainsi, je te parle une seule langue, Elilama. »

L'oiseau s'est approché d'Ἀνάγκη et rapporte l'étoile.

II

« Tu dis que tu ne comprends pas ce que je te dis, Elilama...Quelle importance...? Comprend-on un paysage ? »

Ἀνάγκη poursuit son ascension sur le chemin confit de givre.

Plis inouïs du glacier de Kapilumbini, main gauche, main droite, dont la fente saphir est toute la vie, peut-être, ramassée dans son écho saphir crevé.

Résille interminable de blessures aux rondes lèvres grises.

La chaîne cendre de Rajagriha encombre de ses bataillons de crocs les voiles de fumée.

Terreur et paix.

Jarres noires égales du couchant et du levant.

Gorges sages des souterrains dans l'hiver de toujours.

Toujours.

Le hameau le plus vil a son temple et ses fleurs.

Et son chien fauve ou sable.

Le souffle manque comme l'on s'attache à la marche d'Ἀνάγκη qui est comme une course et l'on s'assied un moment sur la stèle barbue des Sakyas.

Sourires replets, poignets tranchés, regard mi-clos.

Alors Ἀνάγκη est accroupie devant le souffle solide qui est toute la vie ramassée et son regard fixe se plante dans le vôtre.

« Tu dis que tu ne comprends pas ce que je te dis, Elilama…Quelle importance…? Comprend-on un paysage ? »

« Je dis que je ne te comprends point, Ἀνάγκη, oui. Le paysage, lui, ne me parle pas. Je dis du paysage qu'il est ce qui ne me parle pas. Il est à la limite la limite de la parole que le monde m'adresse. Il est le monde parce qu'il est la limite, cette limite muette de la parole est le monde. Je peux dire du monde qu'il est le monde parce qu'il ne me parle point, parce qu'il ne dit pas une histoire que je comprenne. Parce qu'il ne dit pas, par exemple, mon histoire. Ainsi je comprends le paysage. Je comprends le paysage dans cette mesure qu'il n'est point parole. Je comprends qu'un paysage est ce qui n'est point parole. »

Ἀνάγκη sourit, bonhomme.

« Et cette parole, tu la comprends ? »

« Je le puis. »

« Et cette parole, il t'a été donné de la comprendre ? »

« Je le crois. »

« Et cependant, tu ne comprends pas ce que je dis... »

« Je ne comprends pas ce que tu dis. Ce que tu dis ne me parle point. Je voudrais comprendre ce que tu dis, Ἀνάγκη, mais ta parole est muette, quoi qu'elle veuille parler. »

« Tu crois que ce que je dis veut parler ? »

« Je le crois. »

« Si je te parle, peux-tu m'entendre ? »

« Je le puis. »

« Et que veut dire la parole, Elilama, qui ne soit pas un paysage ? »

« La parole est l'ordre et le nombre et la mesure. »

« Entends-tu que la parole comprenne tout cela ? »

« J'entends que la parole que je comprends comprend cela et que je la comprends dans la mesure où elle le comprend. »

Le Rêve d'Anankè

La paume d' Ἀνάγκη s'allonge contre la joue.

« Tu es en colère, Elilama, tu parles beaucoup et puis tu parles fort, et puis tu parles vite, dit Ἀνάγκη. Je comprends que ta parole est la colère quoi qu'elle me dise... dans cette mesure, dans cette mesure, disais-tu...je comprends ce que tu dis...Tu pourrais me mentir, Elilama : alors, comment comprendrais-je ce que tu me dis ?
Comment comprendrais-je ce que tu dis si ce qui vient semblablement ne vient pas dans ta parole ? Si dans ta parole ce qui est semblablement n'est pas ? Je t'écoute et je t'aime beaucoup : ta parole est ma maison dans le monde. Je crois que tu ne comprends rien et je crois que tu es la maison et le monde.»

Ἀνάγκη tire sur le bras on l'on s'en va marcher encore dans Magadha, rendu, vers les torrents de sources mortes, vers le pic Griddhkuta, vers le règne où les membres épars du roi Jarasandha se rassemblent après la bataille afin qu'il marche encore sur le monde, afin qu'il y ait des histoires, encore, que l'on comprenne et qu'on emporte après le monde.

Où tout advient semblablement.

III

Comme Elilama caresse le cuir de l'éléphant, Ἀνάγκη se tient en respect. Elle l'observe et elle dit :

« Tu seras sauvé, Elilama, car la main que tu as est le salut ou la chute. »

« Je ne connais rien au salut, je n'y entends rien, dit Elilama, et je serais bien en peine de te dire à quelles fins je veux être sauvé. Ne disais-tu pas l'autre jour que ce qui se termine ne se termine que pour le bien d'un jour ? »

« Écoute, répond Ἀνάγκη, il y a que ce jour du salut est cette main et cette peau de l'animal et tout le plan sans fin des atomes. Et ce plan est la terre qui lève de son jour, et tout ce qui dans la terre est gros de cette circulation des très longues veines de la terre. Tu n'as pas idée de ce qu'est tout un jour, Elilama, tu es ébloui par celui qu'il fait ce midi. Tu aimes le blanc d'un ciel comme j'aime le blanc d'un ciel. Et nous entendons que le salut est ce blanc d'un ciel venu devant nous afin que nous ayons la paix et la disposition recouvrée à passer un jour. Et nous entendons que le salut est la peau d'un jour blanc venu à nous pour que nous passions le jour. Mais je crois qu'il y a sous le jour un sang toujours neuf du jour qui pousse et qui pousse dans la peau très bonne du jour blanc. Je crois que le jour blanc qui t'éblouit et qui roule sur tes épaules pour que tu passes les paysages et la vie est la peau toute vibrante d'un jour immense qui est le jour et où nous avons notre salut, toi et moi. Et je dis que cette main qui caresse l'animal est le salut et la chute parce qu'elle dispose l'animal à la caresse ou à cette paix qui dispose au jour.

Ainsi, il y a deux chemins au monde et chaque chemin s'enroule dans sa jarre égale : il y a ce chemin de l'aveugle dans le jour qui fait dans le monde mille mondes ; il y a ce chemin de l'aveugle qui, sur le chemin, voit les partitions du chemin et les battements concurrents des mille cœurs des choses ; il y a ce pas de l'aveugle qui est la caresse au monde qui dispose le monde à la caresse du pas et au pas. Sur ce chemin, écoute, le monde est un pas, un petit pas timide d'aveugle et le jour halète dans ce pas, écoute, et la jarre dans quoi va ce chemin est un grand tympan sous des hoquets.

Ainsi de l'animal ou de Béhémoth sous la caresse et qui est tout entier dans la caresse et ta main. Sur ce chemin de la première jarre, ta main est la partition et la chute.

Il y a le chemin de l'aveugle qui va dans l'autre jarre.

Il y a ce second chemin de l'aveugle dans le jour qui est l'éblouissement.

Écoute, il y a ce chemin sur lequel va l'aveugle qui, la poitrine portant dans le ciel tout le cœur et tout le souffle, reçoit, dans le monde et du monde, le monde par le jour blanc.

Il y a ce chemin de l'aveugle qu'un amour baigne dans son baume qui est l'amour de toute chose pour toute chose en quoi est un même jour.

Écoute, cet aveugle va aveugle sur le chemin. Il entend le battement seul et doux de ce qui pousse dans le jour afin qu'il y ait un jour où portent la poitrine et le souffle et la voix qui bénit le jour.

Il y a, dans la seconde jarre, ce pas de l'aveugle qui est comme la caresse au monde qui dispose la caresse et qui dispose la peau au monde, qui est comme une nage immobile dont le pas serait l'hôte bon. Sur ce chemin, le monde est un pas gros d'une nage lente qui est encore grosse d'une nage : cette nage sans peur de l'aveugle abreuvé de jour blanc. Dans la seconde jarre est un pas où le jour est le souffle de la mère qui dort et qui veille et qui sait ou qui ne sait pas.

Cette jarre est un grand tympan que repose une vague.

Ainsi de l'animal ou de Béhémoth sous la caresse et qui, parce qu'il y a au monde la caresse et ta main, connaît l'amour du jour qui est l'amour en tout. Alors la main que tu as est l'amour enfin et elle est le salut.

Rabbi Yissa s'est approché, il embrasse Ἀνάγκη et il dit : « ton amour, Ἀνάγκη, est meilleur que le vin. »

IV

Ἀνάγκη est assise sur le petit morne rouge du poste d'artillerie et elle observe en silence la ligne de crête.

D'amples enroulements de brume cendre s'arrachent à la vallée, dans quoi larmoie un soleil doux.

Un premier tympan de montagnes crève la fumée.

Et puis plus loin les mêmes, travaillées d'ombre.

Et puis plus loin les mêmes.

Et de l'ombre et de la fumée, Ἀνάγκη entend qu'elles sont la matière même des formes, libérée par les formes afin d'y inviter les formes.

Elle invite à sa mesure la chaîne des montagnes, le soir tombé, les cultures de la vallée, en bombant fort le torse et en expirant, l'œil rivé sur ce qui s'en va rencontrer devant soi l'expiration du plan du monde.

Les espaliers du thé dégorgent la respiration du cheval, du rat, de la famille en blouse bleue, en sandales, la respiration têtue du toit, de la toupie sevivon laissée par les enfants éveillés et par les femmes au labour, la respiration des fuseaux, des colonnes, des pagodes des morts.

Alors se nouent les baisers étranges de la matière épaisse du monde, ces baisers qu'elle se donne outre la forme où se retranche le baiser et qui est le baiser retenu et le grand désir que soit un baiser.

Ainsi s'embrasse le monde ou se réduit-il à l'amour du monde dans l'exsudation des formes et les baisers d'atomes égaux chargés d'un peu de forme afin qu'il y ait le jeu, le poème ou la danse.

« *Nes Gadol Haya Sham*, il y a eu un grand miracle là-bas, dit le Rabbi Yissa, assis contre un talus et dans la paume duquel tourne le sevivon. « Je perds, je gagne, je prends. Je perds, je prends, je gagne, je perds. »

Et, comme tourne la toupie, tourne le regard du Rabbi et tournent également les météores qui sont un peu de forme appliquée à ce que soit au monde du baiser. Outre les formes, du baiser.

Ἀνάγκη vient s'asseoir face au Rabbi et arrache la toupie de ses mains.

Alors le Rabbi, impassible, tend la paume de sa main gauche et, du pouce et de l'index de sa main droite, il fait tourner rien dans son creux.

Puis encore, puis encore.

Quand Ἀνάγκη passe la main sur son front brûlant de fièvre, elle entend que ce front-là aussi veut aller au baiser, comme l'épouse à l'époux, comme la fièvre à la fièvre.

« *Nes Gadol Haya Sham*, il y a eu un grand miracle là-bas, dit le Rabbi Yissa : l'amour de l'En-Haut a gagné l'En-Bas. Et l'En-Bas aime l'En-Haut de l'amour de l'En-Haut. Deux amours sont venus qui sont le même amour. Deux amours sont venus qui sont deux flammes vives : quand la chaleur de la flamme qui est en haut expire, alors la flamme qui est en bas expire une fumée qui la ravive. Et les deux flammes sont égales. Et le même souffle expire le même souffle. Depuis qu'il n'est plus au monde de Temple, depuis que le Temple est cette flamme morte, il n'y a plus de bénédictions, il n'y a plus de malédiction, d'offrande, de blasphème, de prière ni de châtiment, ni dans l'En-haut ni dans l'En-Bas, il y a deux flammes et deux amours égaux et l'En-Haut est l'amour de l'En-Bas, l'En-Bas est l'amour de l'En-Haut. Écoute, Ἀνάγκη : *Nes Gadol Haya Sham*, il y a eu un grand miracle, là bas. Ce que tu prends te fut donné, ce que tu donnes te fut pris, ce que tu prends te fut pris, ce que tu donnes te fut donné, d'un même amour, d'un même amour nourri de soi comme une flamme de son souffle. »

Ἀνάγκη ferme les yeux et elle soupire avec le vent qui monte.

V

Le grand plateau de lave roule sous la sphère noire de lave.

Une pluie retient l'oiseau qui est contre l'oiseau avec la multitude dans un coin du monde.

Depuis ses abîmes, la nappe expectore de son gros sang brun dans la mer.

Il revient à la montagne de le céder à la campagne, au désert, à la plage, au plateau qui roule sous la sphère noire de lave autour de soi.

La jarre du monde se dépeuple puis se peuple d'elle-même : lignes brisées, coupées en raison puis reprises, rapetassées par un enroulement perdu puis recouvré, une spirale tirée d'une ponctuation d'or, à qui un facteur obstiné, un nombre magique, fait un appendice, un ventre igné dont sourd pour s'éteindre un enroulement égal.

Et quand vient à se terminer, après les nuages et les météores, une reptation autour de soi, voici qu'une autre est rappelée par le nombre et c'est la ronde d'un jour, d'une nuit, de la peau et de la parole.

Ainsi, des voix s'élèvent de la caravane libre et captive des hélices du monde. Et quand une voix vient à s'éteindre, un nombre étrange qui est en toutes les voix et qui est toute voix est cette voix même qui creuse la même histoire jusqu'à l'os des raisons et s'éteint dans la voix faite pour l'histoire des raisons.

Et doucement, la caravane va sur elle-même quand elle croit aller au nuage à son terme. Doucement, la caravane va à sa rencontre et elle se salue sans se reconnaître. Ainsi, l'enfant est le grand-père. La voix de l'enfant dit les raisons d'une parole allée. Et le grand-père est l'enfant tout à la joie de la raison trouvée.

« Maitreya est un enfant content », dit Ἀνάγκη.

« Il ira à Ur trouver le tombeau d'Enki qui est toute la vie en toutes ses causes et ils causeront. »

« Et ils iront à Meluhha, Elilama, ils iront à Iseora, puis à Élam. Ils causeront. Puis il y aura un autre enfant. »

Elilama regarde à l'est, puis à l'ouest : vers Tusita, les ciels mâchonnent le grumeau violet des nuages, vers Tusita, les ciels le recrachent afin que s'y promène l'or des sphères sur les saisons et les marées.

L'ombre portée est le jour qu'il fait dans la jarre, rien ne le rappelle qui soit outre l'ombre portée. L'ombre portée est le jour rapporté à soi seul et toute couleur est complément lumineux de soi dans un repli. Outre l'ombre portée est l'ombre, outre l'ombre portée est le jour qui ne porte rien qui ne soit un règne pur et fécond.

Le regard va de ce qui est sans cause à ce qui est sans cause et la cause est l'humidité, promenée sur le monde, du globe du regard où s'enroule le monde.

Le cri de joie du Rabbi Yissa fait sursauter Elilama. Il est accroupi devant ses osselets et il lit le tirage : « vois, l'âme de vie est entrée par la poussière dans la poussière ! *Nes Gadol Haya Sham* ! »

Ἀνάγκη ne s'est pas retournée, elle observe, les coudes sur les genoux, le menton sous les poings, le grand plateau de lave qui va à la rencontre de son ventre souterrain alors qu'il s'en exile puis cède sur son axe et tourne à vue d'œil lorsqu'on cherche dessous l'étoile pour offrir sa prière.

Le Rêve d'Anankè

Une pluie d'oiseaux niche dans les ruines d'Ur et de Tusita qu'abreuve la racine grasse. Au signe secret, ils s'en vont reporter dans le livre du jour le livre des raisons et des formes.

Il revient à la campagne de le céder au désert, au plateau, au glacier roulant sous la sphère qui vomit après soi l'huile et le minerai.

« Console-toi, Elilama, écoute, murmure Ἀνάγκη : j'ai fait un rêve et nous étions au monde et le monde rêvait. Et comme tu étais l'étourneau et que j'étais le pin, comme tu étais le pin, que j'étais l'étourneau, comme nous étions tous les deux tous les vents, toute colère s'était tue et j'aimais ton sourire. »

« Oh, j'aime ton sourire ! dit Elilama. »

« Et c'est pourquoi je rêve... dit Ἀνάγκη. »

VI

C'est à Bombay.

Ἀνάγκη et l'enfant sont attablés dans le petit restaurant de la galerie des laines.

Au signal d' Ἀνάγκη, l'enfant crache des noyaux dans l'allée.

Il faut qu'ils aillent loin et plus loin ils vont, plus Ἀνάγκη applaudit. Alors, un noyau est dans l'œil d'un petit chien affairé que promène une figure à natte et long capuchon rose. Elle regarde Ἀνάγκη qui saute sur sa chaise, hilare, elle la regarde avec la colère de celui qui condamne avec le sens, avec le sens pour soi reçu du maître. Puis elle s'agenouille et caresse d'une main qui rassure le crâne tout plat et le museau du petit chien.

Ἀνάγκη donne une tape encore dans le dos de l'enfant et un noyau frappe le front de la dame qui tend ses bras et qui menace. Ἀνάγκη est aux anges et commande d'autres fruits.

« Vraiment, vous apprenez cela à votre fils ! »

« Celui-là, peut-être, n'est pas mon fils. »

« Peu importe : qu'il soit votre fils ou pas n'importe pas. Vraiment, vous apprenez cela à un enfant...»

« Ce que j'apprends à l'enfant, c'est la joie toute pure. »

Le fruit, la joie toute pure...écoute, je lui enseigne ta colère, aussi, qui est celle de ton maître puisque c'est un enfant, puisque ce sont des fruits, puisque ce n'est presque rien, en somme, et puisque c'est beaucoup de joie vraiment et que le jour est bon.

Écoute : cette colère n'est pas ta colère. Tu es ce chien-ci qui n'entend pas. Tu es le chien de ce chien qui n'entend pas. Il faut qu'un grand rire soit dans le monde et il faut bien que ce rire ait son rire, son éclat et son écho. Tiens, prends un fruit et crache plus loin le noyau : c'est ton tour.

Le franc sourire d' Ἀνάγκη désarçonne la dame au capuchon rose.

Elle s'est assise à la table et à son tour elle détache lentement, entre langue et joue, de langue à joue, la chair et la pulpe du fruit et elle crache le noyau. Et bientôt elle crache le noyau plus loin que l'enfant et le noyau est dans le bac aux poissons qui se pressent effarés contre les parois.

Le Rabbi Yissa est dans ses pensées, il somnole et les éclats de rire des joueurs le dérangent.

« Vas-tu finir, Israël, tu es l'esprit et le coeur et le verbe et tu es le sceptre et des trois premiers tu fais les chiens du quatrième... le jeu n'est plus un jeu du tout, alors ! » dit-il à Ἀνάγκη.

« Combien faudra-t-il que je prie encore pour toi ! »

« Tu es l'élue et tu es un enfant imbécile ! »

« Tu m'as appelée « Israël » pour rire, Rabbi, et par hasard tu m'as rencontrée car je suis Israël vraiment. L'idiot, le fou et celui qui veille quand il devrait dormir sont enfants du hasard. Je dis que le monde n'est point s'il n'est point une éclosion du monde. Je dis que cette éclosion est par exemple un bon grand rire d'enfant et qu'il rencontre parfois ce faux monde que le monde épouvante et qu'alors un monde est vraiment retiré du monde. Il ne faut point craindre que le monde éclose. Il ne faut point craindre le rire du monde qui est son levain. Il ne faut point craindre que le monde incendie, qu'il pleuve, qu'il grêle, que le monde vomisse l'insecte ou l'oiseau, la vague immense. Il faut aller dans le monde semer avec les rires et les pleurs du monde.

Le crachat du monde est toute bonté, il m'entraîne à lever comme le pain de la galerie des boulangers. Il faut aimer ce qui est de l'ordre de la sève et de cette exultation qui répugne aux sens et qui fait lever le monde.

Et Ἀνάγκη crache au visage du Rabbi.

Le Rabbi Yissa hésite, puis à son tour il crache et saisit Ἀνάγκη aux épaules, qui le prend aux épaules comme il lui sourit.

« Écoute, je pourrais rire ou pleurer contre ton épaule, Rabbi, et je puis te cracher au visage, et tout cela je puis le faire, je dois le faire du même amour. Je puis et je dois le faire du même amour parce qu'en moi sont joints pour le salut du monde le cœur et l'esprit et le souffle et l'épée. Je suis Israël parce que je suis le moissonneur. Je suis celle dont le sang, la sueur, les larmes, les crachats, les rires et les pleurs, le chagrin qui épouvante et la joie qui emporte font lever la moisson. Je suis le paysan chassé avec Joaquin, couvé par Sédécias, je suis celle dont la robe est maculée de son sang et de celui de ses fils, sur les marches du temple, je suis celle qui façonne et qui cuit le pain des caravanes d'Ezra et de Néhémie sur le chemin de Jérusalem, je suis la féale d'Hillel, je suis le bâton de l'exilarque, le maçon de Poumbedita, l'élève studieuse de Rav Yehoudah. Je suis celle qui vraiment peine et vraiment jouit afin qu'un monde lève. Je suis celle qui crache sur la terre infertile, je suis Babylone, je suis cette Babylone hideuse dont le lait, cependant, est la bouillie du lever et de l'effort des champs. Je veux qu'il y ait au monde des moissons, je suis le moissonneur. Je suis celle qui pleure et qui rit, je suis celle qui tourmente afin que lèvent les moissons.

Je suis le rire et je suis les pleurs en quoi se forment la moisson et la caravane pleurant et riant et peinant et jouissant des cueilleurs.

Le Rabbi Yissa et Ἀνάγκη s'étreignent, et leurs épaules jointes sont secouées ou de rires ou de pleurs.

La figure au capuchon rose dirige avec gravité le geste de l'enfant, sa joue se gonfle de salive et bientôt le noyau va plus loin encore dans la galerie des laines, après quoi cavale le petit chien.

Puis va le noyau d'Elilama, puis celui de l'enfant.

VII

Ἀνάγκη est née à Iseora ou à Venise de père roux et de mère demi-folle.

Israël le père. Israël la mère.

Elle a promené le chien, puis l'enfant plus petit. Elle a lu les livres du Rabbi Yissa et elle a cru au sourire de l'invincible et à l'étroitesse du monde contre quoi vient frapper le monde.

Elle a cru qu'invisible est le prochain.

Elle a eu un chevreau dont les flancs où elle posait sa joue battaient plus fort que les siens et elle s'est mesurée aux ronces dans le jardin au centre duquel est le puits où pleure le grand poisson Apsû, le porc, le coq et le serpent, où pleure Māra, où pleurent et fredonnent la passacaille qui berce les marins égarés de Kāmaloka.

Au chevreau, quand une taie de l'œil l'a emporté, elle a donné le nom de Lévi et d'Abraham puis, comme sa mère priait, le regard enfui, elle l'a promené dans Cannareggio et elle l'a jeté dans le puits.

À San Zanipolo, assise sur un banc, elle a fixé, à la croisée des axes bassinés d'encens, l'oeil d'or et de gueule et les cercles du Paradis.

Elle a couru avec la multitude jusqu'à Moab, elle a couru avec la parole dans les os de Jérémie, elle s'est ébranlée comme un cavalier, une caravane, avec la roue

Dharmacakra, la sandale battant le pavé des Fondamente qui saluent San Michele au lever.

Elle a su admirer, enfant, le courage d'Azazel et la constance d'Agar à trouver dans les termes du monde ravagé par la fureur de Nahum un verger encore et elle a écouté le Rabbi Yissa :

« *J'aperçus des hommes cachés dans une grotte parmi les montagnes. Ces hommes revenaient chez eux chaque veille de Sabbat. Que faites-vous donc ? Leur ai-je demandé : Nous nous sommes séparés du monde, me répondirent-ils et tous les jours nous nous adonnons à la Torah ; parfois nous ne mangeons rien d'autre que l'herbe des champs. Et les autres fois de quoi vous sustentez-vous ? Ai-je encore demandé. Ils me dirent : nous trouvons dans le désert des arbres sur lesquels poussent des plantes que nous mangeons. Lorsqu' un enseignement nous illumine d'un trop-plein de joie, l'un d'entre nous s'écarte, fait cuire ces plantes et nous les consommons ; ce jour reste pour nous « comme bon. »*

Ἀνάγκη a jugé « comme bon », sans en interroger d'abord la cause, qu'il y eût dans le monde un enseignement, qu'il y fût pris comme le marin privé de cap dans la roue de Māra ou les membres de toute chose dans le corps tourmenté de Māra, comme la parole dans la campagne de Proclos le Lycien, de Claire et de François, comme le jour ou le souffle dans ce qui est le monde et qui comble la pierre de l'église de baisers : le vent, la mer, la pluie, l'ardeur des étés. Elle a aimé que Dieu fût descendu dans les formes afin qu'elles eussent les bons baisers des retrouvailles. Elle a aimé que l'oiseau, le renard, l'abeille et le loup lui parlassent. Elle a aimé que leurs langues fussent une comme le souffle pur. Elle a aimé que le désert enfantât, qu'Azazel ne s'y consumât point, qu'Agar y engendrât des nations. Elle a aimé que toute la mer fût mise dans le ventre d'un poisson.

Le Rêve d'Anankè

Sous le grand œil d'or et de gueule du plafond de San Zanipolo, elle a compté les cercles de fumée qui roulent dans le Paradis et les résurrections de Palma et de Tintoretto et elle a reconnu que la joie est la fertilité des fumées sous l'œil qui incarne et qui frappe le monde d'une stupeur joyeuse qui est sa semaille et son grouillement.

Elle a demandé au Rabbi Yissa : « où est le monde si Dieu y séjourne ? »

« Il est dit : mon souffle ne restera plus dans l'homme parce que l'homme est chair, et ses jours ne seront désormais que de cent-vingt ans. » a répondu le Rabbi.

« Et cependant, écoute : il y a toujours eu de l'homme dans le temps... » a dit Ἀνάγκη.

« L'homme vivra cent-vingt ans. » a répété Le Rabbi

« Je vois bien qu'il y a toujours des hommes. » dit Ἀνάγκη.

« Ces hommes qui demeurent sont sans Dieu s'ils ne sont point justes. » a dit le Rabbi.

« Comment seraient-ils justes s'ils demeurent sans Dieu ? » a dit Ἀνάγκη.

« Ces hommes, Dieu leur a donné le don de connaissance et le don d'alliance et le don de permanence outre soi. » a dit le Rabbi

« Comment en feraient-ils usage s'ils sont sans Dieu ? Je dis que Dieu est en la chair et que le monde est sauvé. » a dit Ἀνάγκη.

« L'injuste le condamne. » a dit le Rabbi

« L'injuste est le monde qui est contre soi, l'esprit, la main, le souffle, l'épée qui sont contre soi. » a dit Ἀνάγκη.

« L'injuste est le monde qui est contre dieu, l'esprit, la main, le souffle, l'épée qui sont contre Dieu puisque Dieu est l'En-Haut. » a rétorqué le Rabbi

« L'esprit, la main, le souffle, l'épée, cela est Dieu et l'En-Haut. » a dit Ἀνάγκη.

Le Rêve d'Anankè

À San Zanipolo, le Christ ressuscité de Palma annonce Christ le crucifié comme le jour déchire les formes qui sont dans le jour pour se faire présence à ce jour qui va passer le plan des formes.

Quand les flancs du chevreau se sont tus, Ἀνάγκη a entendu le bourdon de son sang.

« Il est passé. » a dit le Rabbi Yissa

« Il est passé. » a dit Ἀνάγκη.

VIII

Le chef Caingangue a dénoué le lien d' Ἀνάγκη et voici qu'il observe la jeune femme comme elle dort, le poing contre la tempe.

Sa prisonnière peu à peu s'éveille et, à son tour, elle le regarde sans terreur.

Afin d'être à la terre, il a laissé glisser le long de ses joues et de ses épaules ses beaux doigts longs de femme plongés dans la baie d'urucum.

Afin d'être au fleuve, il a passé cendre et miel sur son ventre.

Afin d'être du vent, il porte le pagne sec du singe qui penche et qui hurle à la cime du pin de Gondwana.

Afin d'être du feu, il a enroulé ses bras et ses jambes dans des réseaux de longs fils jaunes ou bleus.

Afin d'être l'oiseau, la panthère, la sangsue et la raie, il a noué la plume du perroquet au coton de la clairière et il a fait courir cercles et vaguelettes sur sa poitrine et sur son ventre avec les femmes.

Afin d'être au monde, il n'a pas regagné le temple, il a fui le parvis aux prieurs, il n'a pas eu de livre : il a craint la voûte des grands arbres, la grenouille, l'aspic et l'araignée.

Et le loup à crinière qui est dieu, peut-être, puisqu'il est la force et le feu et la danse.

Et le loup à crinière qui n'est pas né au commencement du monde puisqu'il y a eu un dieu et un temple et qu'ils sont le commencement du monde en allés dans le monde. Il y a eu un commencement du monde en allé dans le monde. Ainsi, il n'y a dans le monde que du commencement du monde. Et le loup à crinière, qui n'était pas au commencement du monde, est le commencement du monde. Par exemple, il est le commencement du paca et du fruit dans son commencement, quand il les tient dans sa gueule et qu'il leur donne le monde à refonder comme on refonde un temple.

Le chef fixe Ἀνάγκη qui s'éveille et s'étire.

Il a rendu au monde le silence du monde qui est ce qui est dans la voix, tout à fait comme on rend les armes.

Il ne chante ni ne prie : il écoute et il répète et il pince les lèvres pour siffler ou met un doigt dans l'ovale de sa bouche pour annoncer la nuit.

Quand il ne pleut pas, il avance entre les souches et la mousse crevée de racines qui ont raison du temple, du règne et de la moisson et qui font que la procession danse. Quand il pleut, il dit qu'il pleut. Il dit « je pleus » et il demeure tout le jour assis, comme la femme et l'enfant se baignent dans l'enclos. Du ciel et de la tourmente, il est l'égal en son enclos et il pleut ou il tonne ou il est le grand soleil qui accompagne ses chasses et qui, comme ses chasses, retire au monde, avec le poison de la terre, ce dont la matière se languit de ne pas être la matière enfin et comme la semaille.

Il est le fils de l'urubu et du capybara, il ronge et il mange, il traque et il pique. Il est le fils du pirarucu, le globe du monde est dans son ventre et il lui suffit de chercher en soi les chemins vers ce qui veut finir pour redonner au monde un parvis et un temple, la source, le paca, le fleuve et le dauphin et le peuple des fougères qui sont toujours, taille, silence et danse, ce qu'il convient au monde qu'elles soient au commencement. Il y a eu un temps où il a parlé la langue xokleng, la langue suyá qui est celle du règne, les langues ofayé, timbira, apinajé, xerénte qui sont celles du temple, la langue xakriabá, la langue maxakalí, la langue rikbaktsa qui sont les langues de la guerre et du sacrifice, le karajá, le kariri qui sont celles des chasses, l'arikapú, la langue yatê, la langue guató qui sont la langue des femmes et la langue des voeux, l'otí.

Il y a un temps où il a pris deux cailloux dans le torrent, où il les a poncés également et où il a dit : « ceci est un caillou et ceci est mon nom. »

Il y a un temps où il a pris deux cailloux dans le torrent, où il les a poncés également et où il a dit : « ceci est un caillou et ceci est mon nom et mon nom est « Iepê ». »

Il y a eu un jour où, ayant essuyé deux grandes pluies à la chasse, il s'est appelé « Amana ».

Puis, ayant perdu patience et jugé bon que le commencement du monde soit au monde, ayant jugé qu'il n'y avait point lieu de nommer ce qui est en le monde pour l'appeler comme il est venu, ayant jugé qu'Iepê et Amana sont en le monde, il a rendu au monde le silence du monde qui est ce qui est dans la voix, tout à fait comme on congédie un faux-ami.

Il ne chante ni ne prie : il est attentif aux fins et aux commencements. Il imite la fin et le commencement, il gonfle les joues pour siffler ou bien il fait tourner sa langue dans l'ovale de sa bouche pour appeler la nuit, il frotte le nerf d'un lapin contre un bois craie et c'est un petit violon pour la parade, sous les rires aux dents noires des danseuses nubiles.

Le chef sourit à Ἀνάγκη.

« Pourquoi me retiens-tu ? » demande Ἀνάγκη.

« Je voulais connaître que tu as des rêves. » dit Iepê-Amana.

« J'ai fait un rêve. » dit Ἀνάγκη.

« Je suis ce rêve que tu as fait. » dit Iepê-Amana.

IX

« Tu demeures à la porte de la maison de ton peuple, dit Ἀνάγκη.

Tu implores le salut, l'on t'ouvre et tu n'entres pas.

Et tu n'entres pas, cependant.

Tu es à la porte du temple de ton peuple.

Ton cœur n'est pas méchant, il implore le salut et il détaille les partitions du monde. Il est d'un idiot.

Il a fait des maisons dans le monde. Il fait du monde un passage, un gué, un règne, une histoire, le nom d'un monde. Il y a cependant un temple et tu es à la porte du temple. Ce temple est le temple de ton peuple. En ce temple est la multitude et l'alliance. Et le frère y est la farine et l'argile du frère et l'époux et l'épouse sont les épousés dans le temps. Cette terre où nous marchons mène au temple.

Tu y marches comme Hiram et comme Hérode, Elilama. Tu donnes, comme on prend de soi, le bois, la pierre, la force du bâtisseur. Tu donnes la forme où prend la muraille. Et, comme Mesha, comme Hazaël, tu donnes, avec la forme où prend la muraille, le terme de la forme et la destruction de la muraille qui est la porte du Temple.

Tu donnes au monde son terme avec sa forme.

Comme l'idiot, tu bâtis et tu ruines.

Il fallait qu'il y eût de la forme, Elilama. Il fallait qu'il y eût de la forme parce qu'il faut préparer le cœur enfant et le regard enfant à l'éblouissement devant le temple. Mais toi, tu as cru à la forme du monde en enfant, tout à fait comme l'on croit à l'horloge, au front, au cœur et aux histoires, tu as cru au paysage du dessin de l'enfant quand il dessinait le grand jour blanc du temps et de l'amour.

Tu te présentes à la porte, tu aspires au salut du peuple, tu serais juste, me dis-tu, parce que tu as conçu qu'il y a outre la terre une parole juste...

Tu es de la race de ceux qui vont outre ce qui est et qui est la porte hospitalière et bonne du temple. Tu es de la race de ceux qui vont après le monde. Tu es de la race idiote de ceux qui vont après le monde encore devant la porte du temple.

Celui qui entre avec le frère du frère et les époux dans le temple entre dans le monde, écoute : il va sous le champignon, dans la veine de l'ortie, dans la gueule du monstre Béhémoth, dans la trajectoire du galet et de l'étourneau, dans la main qui court le livre, dans le bloc qui prend sa place dans la muraille de Tel Beer Sheva, de Ta Keo, de Wat Phnom, de Lakish, de Nagayon ou bien d'Arad.

Il est l'hôte de l'hôte, il a aimé, il a passé la forme.

Ce qu'il bâtit et ce qu'il ruine est la saison du monde.

Celui qui est outre le monde demeure à la porte du salut qui est le monde. Il n'y a rien après le monde, Elilama ! La vérité est qu'il n'y a rien après le monde que le monde, immensément le monde, infiniment le monde, comme un temple repris au temple repris au temple repris au temple. La vérité est qu'il y a la saison du monde.

Ce que tu nommes le salut est la saison du monde. »

Le Rêve d'Anankè

Le plateau glacé qui exsude une fumée soufre répercute le pas rapide d'Ἀνάγκη.

Il n'est pas aisé de marcher à son allure. Elle a pris beaucoup d'avance et sa voix se perd un peu, parfois, dans les espaces. Elle est en colère, aujourd'hui, et ses mains longues vont loin devant sa nuque, nerveuses, comme elle parle.

Pas une ombre, pas une ombre.

L'ours blanc vient à sa rencontre.

Un long moment ils se font face.

Puis Ἀνάγκη s'accroupit et l'ours approche et la renifle.

Alors Ἀνάγκη enroule ses bras longs autour du long cou de l'ours.

« Je suis l'épousée, la sœur des sœurs et l'épousée. » murmure-t-elle.

Emmanuel Tugny

X

Dans le rêve d'Ἀνάγκη, les pinacles du temple ont leur ascension paisible contre la pluie.

Ils accompagnent Maitreya et les frères des frères, l'épouse épousée de toujours, vers l'éblouissement qui est après la canopée et qui y pique les insectes, le singe, la roussette.

L'ombre dévore le pied des figuiers et les blessures vertes des trois joyaux égaux de l'univers où poussent des têtes, où poussent des faces ; l'ombre gerce le bon sourire et l'oeil retourné à soi et tout blanc de son jour.

Ainsi, le livre sourit, le maître sourit et l'élève sourit.

Et la roue de sagesse allie ces trois sourires dans les jambes rondes du banian qui faufile, le temple passé, le plateau roux de mousse, de lierre et de minerai.

Et la roue de sagesse enfante ces trois sourires entre les jambes rondes du banian qui étrangle et qui exhausse.

Et les yeux blancs disent le terme enchanté de ce qui est fini, toujours.

Mithra fait rouler sur elles-mêmes les deux jarres de ses mains prodigieuses, de ses mains qui brisent la nuque du taureau, qui sèment, qui sillonnent, qui peignent, dans les ciels des antres de la terre, des constellations, de ses mains qui pressent l'épaule de l'ami, du compagnon, de la nymphe, du lion, du corbeau, du père, de la force, de ses mains qui sont d'un coquelicot, d'un tournesol, d'un dieu bon.

Il les dépose au pied d' Ἀνάγκη qui somnole sur une marche, la tête contre les jambes du banian qui sont comme une vulve.

Depuis quelques jours, Ἀνάγκη ou bien garde le silence ou bien va répétant quelques phrases chuchotées, y introduisant à chaque fois une modification insensible, tout à fait comme si elle cherchait à appliquer l'équilibre du temple à la façon de la parole.

« Je suis l'épousée, la sœur des sœurs et l'épousée. »

« Je suis le devenir de l'épousée en l'époux, je suis la sœur de la sœur en son devenir. »

« Je suis l'abandon de la sœur et de l'épouse à la sœur, à l'épouse. »

« Je suis l'épousée de toujours et je suis la sœur de toujours. »

Quand Elilama a passé sa main sur le font d'Ἀνάγκη, aussitôt il a connu qu'elle s'en allait.

Il s'est assis. Le Rabbi Yissa s'est assis. Et l'enfant s'est assis, qui arrachait ses pouces au Bouddha et chassait les mulots.

La première jarre ouvre sur l'envol vers le ciel gris d'une mer que préface, mouchetée d'une buée d'oeils ronds et d'oiseaux fixes, la torpeur d'un ciel en suspens. Il semble à Elilama qu'il est un oeil enroulé sur soi dans l'humidité d'un regard où vont les circulations du monde.

Et dans cet enroulement sur soi du ciel qui est le seul regard, Ἀνάγκη pousse sur l'aviron long de godille et sa petite barque grise gagne le large.

Mithra oriente la jarre de sorte qu'il y ait de la pente suffisamment et qu'elle soit douce.

Les Caingangues ont disposé dans la barque ce qu'il faut pour la pêche : les flancs de poissons fumés et des brassées de fleurs aux teintes laiteuses qui sont la forme de la saison.

Une enfant accompagne Ἀνάγκη, qui lui dit l'histoire du moine Chan, le géant et l'invisible, tous les sourires et tous les pleurs, le poème, la muraille et la danse, la semence et l'oraison au monde.

Et bientôt Ἀνάγκη est dans la forme dévorée et dans la gueule grise qui dévore la forme et dans le jour des commencements que la gueule rend, en un torrent laiteux, plein la sphère qui roule sur soi afin que soit un regard qui fonde.

Et Mithra oriente la seconde jarre.

Et dans cet enroulement sur soi du ciel avec l'onction du lait de la dévoration, du jour acide qui excède la forme, Ἀνάγκη pousse sur l'aviron long de godille et sa petite barque grise aborde encore l'île au centre de laquelle est le volcan Mungibeddu, le volcan Etna, au centre de quoi est Gibel Utlamat.

La fillette Caingangue l'accompagne dans l'ascension et après elle, elle chausse les sandales qui les attendent au bord de la gorge qui gronde.

Elle lui dit l'histoire d'Empédocle d'Agrigente et d'Orphée, de Jérémie d'Anatot et de Baruch Ben Neria, de Sophonie, d'Onomacrite et du moine Asanga, elle lui dit l'histoire pareille des voyants, des invincibles et des doux, de ceux qui passent les règnes et qui sont le pas, la bourse et le ventre, le nom, la voix étrange, le célibat et le livre, de ceux en qui s'annonce la forme sous le règne et le jour sous la forme, de ceux qui sont l'oraison du monde à son prochain et la semence des saisons.

Mithra oriente la jarre de sorte que leur plongeon soit franc.

Le Rêve d'Anankè

Et bientôt, Ἀνάγκη est dans la forme dévorée et dans la gueule rouge qui dévore la forme et dans le jour des commencements que la gueule rend, en un torrent de gueule, plein la sphère qui roule sur soi afin que soit un regard qui fonde.

« Écoute, Elilama : je suis l'épousée de toujours et la sœur de toujours. Je suis l'épousée, la sœur des sœurs et l'épousée. Je suis ce qui advient de l'épousée en l'époux, je suis la sœur de la sœur en son devenir. Je suis l'abandon de la sœur et de l'épouse à la sœur, à l'épouse. Je suis l'abandon de toujours à ce qui adviendra et qui est advenu. Je suis celle qui te sourit. »

XI

Il y a eu un éblouissement.

Ἀνάγκη est morte ce matin, et elle est au Lotus et à tout ce qui frôle la surface de la mer pour gagner plus avant les espaces.

L'ange, le lézard, le lotus.

Après les ombres, après les angles.

Les enfants ont disposé, tout autour du corps qui repose dans la barque, les pétales des fleurs qui rassemblent les règnes : le lotus, le jasmin, le souci, l'œillet, le chrysanthème, l'aracée, le violet, le taro, la rose et l'hibiscus, l'épine du Christ, les mille orchidées qu'a rendues la première jarre avec les pleurs de son célibat neuf.

Elilama a rasé le crâne d'Ἀνάγκη. Il a croisé ses bras longs d'atèle sur sa poitrine sans mamelle et le Rabbi Yissa a longuement disposé les bandelettes et, avec les bandelettes, la lettre, le signe, le chiffre et l'ordre du hidouch. Il a ouvert le Livre des Nombres et il a lancé en avant le bras gauche avec le regard noir pour dire le chemin nouveau d'Ἀνάγκη, le livre pesant dans sa paume droite.

Il a dit les stades de l'ascension de la jeune femme, le versant, la pente, le basculement sourd de ce qui est au profond du vide et qui bonde le jour, s'enroulant sur soi comme le globe du regard, de sa matière ou de son sable doux.

Écoute Ἀνάγκη, dit le Rabbi Yissa, elle est sur le banc depuis lequel on voit aller le commerce des navires après les fortifications du port. Comme elle a coutume de le faire quand le soleil est au plus haut, elle est assise et elle fume. Elle est à la porte du temple des navires qui commercent sur les huit chemins et dans le **ventre d'Apsû et** dans le ventre de Tiamat. Elle dirige du regard et du geste le navire de Sotapanna, le navire de Sakadagamin, le navire d'Anāgāmi et le navire de l'Arahant, elle dirige du regard et du geste les navires de ceux qui ne savent rien de la forme du monde et qui interrogent l'étoile comme on s'abreuverait de la terre, de la vigne, de la saison et des vendanges, à la coupe où le vin est à terme. Elle est assise et son regard et son geste enseignent à celui qui navigue qu'il revient à soi par le jour, qu'il y a un éblouissement où il est l'éblouissement d'un retour.

Elle dit à celui qui ne parle qu'une langue que sa langue est celle du chemin du retour. Elle dit de celui qui ne parle qu'une langue qu'il parle la langue de l'arbre dont une blessure désigne l'orée du chemin des huit chemins du retour.

Écoute-la : « Il y a une part du ciel où nous rapporterons, enfants encore et pour toujours, les cent tours et la surprise du printemps et de cette forme du silence dont nous tenons nos enfants. »

Écoute-la : « Le chemin dont je te parle est celui d'un temps du retour et du rêve d'un temps du retour. Il sinue dans l'ombre de la montagne et de la citadelle qui plongent en emportant toute la mer dans ce qui est le ventre du monde. J'aurai beaucoup traversé le monde pour chanter le retour : vois, je te parle en enfant couché. Je suis nue, je suis enfant et je suis de retour à la porte du temple. Je suis le hidouch et la reverdie. Le poème du retour et tout ensemble le chant du départ. Je suis l'oraison et la présence à tout.

Vraiment, il y a deux chemins au monde et chaque chemin s'emporte soi-même avec la multitude, toutes les choses qui ont un nom et tous les nombres, dans sa jarre égale : l'aveugle fait dans le monde mille mondes ou bien il chemine dans l'espérance du retour. Il a pris le chemin et il commerce avec les formes, les angles des comptoirs et des villes. Il a rapporté des galeries du désert le manuscrit de renaissance. Il a rapporté les rayons de Moksha, il les a vendus pour l'armement d'un voyage encore. Il a vendu le grand jour blanc de Moksha pour la traversée, pour chacune d'elles, en chacune d'elles, de ces formes du monde qui sont la bourse du jour blanc.

Il a vendu la pierre dans quoi tout le jour est serré.

Il a entendu les battements complices de ces cœurs des choses qui partagent le cœur. Il n'a pas souhaité revenir. Il a parlé toutes les langues enfantées par le monde.

Ou bien il va dans l'espérance du retour et il n'a jamais armé de navire qui cheminât contre le jour. »

Écoute encore celle qui est Ἀνάγκη, dit le Rabbi Yissa : « je suis l'épouse aveugle, la sœur aveugle, l'épouse et la sœur aveugles et sur ce chemin que je prends, j'écoute aller dans la jarre du monde le monde vers soi, se creuser tout à fait et revenir à soi par le chemin qui est au coeur de l'entretien fiévreux des formes.

Je suis l'aveugle de retour, je suis l'enfant aveugle.

J'ai vu le vide affreux se creuser, qui précède le retour vers soi de ce grand midi dont je suis l'aveugle et l'enfant. »

« *Nes Gadol Haya Sham !*» chante le Rabbi Yissa : comme le monde s'est creusé, il fait retour et voici qu'il nous revient pour le chant par un hasard qui est celui des formes : les printemps, les détroits, ce qui est aigu dans le monde, ce qui est la partition et le départ, l'enclos, le commencement et le terme, ce que le dé ou le sevivon dictent sur leur tapis, sur leur plateau dévorés d'angles à celui qui joue, ce que détaillent l'astronome, le médecin, l'architecte et le compas.

Écoute celle qui est Ἀνάγκη : « l'ombre portée est la saison des mondes. Elle est encore un jour rapporté à soi seul qui se creuse sur le chemin et se dispose au retour, à couvert de son ombre qui est le monde. Toute couleur est ténèbre dans un ordre qui est celui du creusement et du retour. Outre l'ombre portée est l'ombre encore. Outre l'ombre portée de l'ombre est le jour qui se dispose au retour vers ce règne du jour qui est l'enclos pur et fécond de Moksha ou le globe du jour où j'attends le retour en nageant immobile. Où je t'attends toujours. Immobile comme l'enfant couché. Infertile comme un angle et cependant saison davantage que l'orée d'un printemps. »

« *Nes Gadol Haya Sham* ! » chante le Rabbi Yissa, tu es la sœur, l'épouse et la semaille et ce qui va aller lèvera de ce jour qui enfle de ton ombre.

La dame au capuchon rose et son petit chien font face au Rabbi.

« Où séjournera-t-elle, Rabbi, désormais ? »

« Elle séjournera dans le monde en-allé. »

« Est-ce séjourner que d'aller ? »

« Il est des chemins du retour. » dit le Rabbi.

Il est bon qu'il soit donné à l'épouse, à la sœur de toujours, à celle qui nage immobile, à celle qui espère en le monde, de refonder, comme on refonde un temple, ce qui est de toujours annoncé par le temple.

Il est bon qu'il soit donné à l'épouse, à la sœur, à celle qui nage immobile avec Āryā Tārā, à celle qui espère en le monde, de triompher en soi des duretés des formes.

L'épouse, la sœur de toujours, son livre s'approche et lui sourit, son maître s'approche et il lui sourit, son élève s'approche et il lui sourit.

Car elle est de retour et demeure auprès d'eux. Le foyer, l'espérance, le sens et la semaille.

Ses yeux, où tout le jour a son séjour, leur annoncent le terme doux et le commencement de ce qui toujours fut au terme et au commencement dans les constellations, les sources de la terre, les mains jointes et le cercle des noms et le cercle des nombres.

Elle a vu les chemins, les sphères, les règnes, les histoires, les tribus.

Elle les a dénombrés en Israël et en Moksha.

Elle les a dénombrés, espérant en un nombre.

En ce nombre seul qui est le jour ou la saison.

Et voici que tout le jour repose, au jour du retour, sous les paupières qui l'annoncent et le rappellent.

Elle est revenue, la sœur et l'épouse, l'ânesse de Balaam, avec tout le jour, après Moab, après Madlan, après Péor :

« *Nes Gadol Haya Sham* ! »

L'enfant Cainguangue pousse la barque.

Alors, Ἀνάγκη est dans la clarté crue qui déchire la forme. Et la forme crevée rend au monde ébloui de clarté le regard qui le fonde.

« Je suis celui qui te sourit. » murmure Elilama.

XII

Bien souvent, Elilama se sent seul sans Ἀνάγκη.

Bien souvent, Ἀνάγκη manque à Elilama.

Du lit aux fleurs blanches, il regarde l'idole debout sur l'étagère, entre les livres qu'il faudra bien songer à relire, le temps venu.

Ou bien songer à lire, c'est selon.

Le temps qu'il fait à Paris peu à peu la fendille et son front et son ventre sont partis d'encoches brunes qui vont en tordant la figure.

Et qu'on n'est pas parvenu à réduire, y ayant appliqué, pourtant, tout le poids de tout le possible.

« Ces essences voyagent mal, je préviens toujours », a dit le marchand français de Goa, accroupi dans son hangar aux merveilles, ivre tout le jour et qui vous a torché une fusée de journaux et de mousse pour le transport, assis sur l'égueulement d'un Bouddha noir de suie.

« Oh, je vous reverrai, on se revoit toujours ! » a dit son sourire contrarié.

A compté les billets fanés, a donné son congé, n'a pas raccompagné.

Les roses de la petite cour ont essuyé le vent de nuit. La selle des bicyclettes est trempée, une poupée trouvée flotte dans le seau de ménage. Les feuilles du marronnier font leur travail d'octobre et virent boue et cèdent sournois sous le pas qui porte le cartable.

Escalier frais repeint, porte rose, cour des bicyclettes, porte jaune, placard aux balais, les boîtes aux lettres.

Quelques mètres avalés par un vent qui creuse les mâchoires.

Lettre de C., voyage en Angleterre avec amis et famille, n'aura sans doute pas le temps, cette fois-ci, de faire un crochet par Paris.

Rentre au Brésil le 10, où il vous attend comme prévu pour avril.

Manuscrit de D. qui, la maladie s'étant annoncée, s'est résolue à écrire, enfin, ce roman projeté, ce roman de la maladie.

Manuscrit de D. qui, la maladie s'étant annoncée, s'est résolue à vous envoyer pour avis, enfin, ce roman enfin terminé, ce roman de la maladie.

Manuscrit de D. qu'accompagne une lettre angoissée où l'on vous demande d'appeler, pour une fois.

Où, pour la première fois, l'on vous tutoie.

Quoi qu'on sache bien que tu n'as jamais d'avis, l'on aimerait bien, tout de même.

Où pour la première fois, l'on est celui des deux qui demande qu'on prenne un peu le temps, pour une fois, de causer.

Porte verte, le Boulevard Saint-Jacques est aux petits chiens, aux merles et aux grands Noirs désoeuvrés de toujours devant le dispensaire.

L'on s'assied au café de l'angle et l'on relit la lettre de D. Puis celle de C. dans quoi l'on a glissé une photo de la famille. Les petites ont grandi devant un monument. Il semble d'ici que C. ait repris un peu de poids devant le monument.

G., qui a pris la photo, a griffé un mot tendre au dos.

Le garçon interrompt la lecture, « temps pas possible », « temps pas possible ».

« Et c'est parti pour durer, ça va durer ». « C'est l'automne. »

« C'est l'automne. »

« Finalement, vous êtes ici tous les matins, presque, non ? »

« Finalement oui. »

On allume la cigarette, on ferme les yeux.

Dans le rêve d' Ἀνάγκη, l'arbre dégoutte sur les marches du temple. Il est dit que d'une blessure pratiquée au fin cœur de la mer lèvent des jungles d'ongles où l'oiseau puissant prend le chemin des feux ronds.

Emmanuel Tugny

Saint-Malo, 30 juillet 2014

EEEOYS EDITIONS

EEEOYS EDITIONS est une aventure éditoriale consacrée à l'aventure scripturale.

On n'y rencontrera que des œuvres aventureuses qui dégagent l'entreprise littéraire de la dimension égotique, réflexive, introspective, pour déployer, leur auteur "retranché", comme l'écrivait Mallarmé à l'occasion d'une conférence sur Villiers de l'Isle-Adam de 1890, des mondes.

Eeeoys Editions propose quatre collections ou quatre filières éditoriales.

La collection **THRES** est dédiée à la traduction ou à l'adaptation audacieuse assumée d'œuvres ressortissant au patrimoine des langues latines.

La collection **DARVEL** propose au lecteur des œuvres inédites caractérisées par le décentrement aventureux, représentatif ou stylistique.

La collection **LIBERLIBER** est dédiée à la publication d'œuvres d' auteurs chinois francophones.

La collection **E.TUGNY** est consacrée à l'une des recherches littéraires les plus singulières de notre temps : celle d'Emmanuel Tugny, romancier, poète et philosophe.

La collection **RES CIVICA** propose des œuvres témoignant de l'engagement politique de littérateurs, romanciers, poètes ou dramaturges.

LAMAUVE se consacre aux premières affirmations en littérature de la pensée féministe.

LUL (LIRE UN LIVRE) est une collection dédiée à la réflexion scientifique sur la lecture des oeuvres littéraires

Nathalie Brillant, est directrice littéraire d'EEEOYS EDITIONS.

Florian Virly, artiste, est directeur des publications d'EEEOYS EDITIONS.

Théo Demore est assistant de publication d'EEEOYS EDITIONS.

Mentions Légales

© 2022 Emmanuel Tugny

Éditeur : Florian Virly pour Eeeoys Editions
2 rue Feydeau, 35400 Saint-Malo
Impression : Books on Demand, Norderstedt, Allemagne

ISBN : 978-2-9580156-1-9
Dépot légal : Janvier 2022